AF391126

HISTOIRE MERVEILLEUSE ET ÉDIFIANTE DE GODEMICHÉ

HISTOIRE DE SUZON ET DES DEUX PRÉSIDENTS À MORTIER

HISTOIRE DU SAGE PANGLOSS

3 histoires érotiques

Écrit par
Abbé Henri-Joseph Dulaurens

GRANDS
classiques
.com

Histoire merveilleuse
et édifiante de Godemiché

Son air natal est celui de la Grille

Godemiché, italien de naissance, naquit de parents catholiques, l'an premier de la création des vœux monastiques ; de jeunes filles de quinze ans, à qui les lois ne laissaient pas la liberté de disposer de leur patrimoine, avaient-disposé, dès cet âge, de leur liberté, bien précieux sans lequel les autres sont sans substance. Ces innocentes avaient fait le marché de bonne heure, dans la crainte de faire des enfants ou d'être sollicitées par de beaux garçons, qui sollicitent toujours les filles à en faire.

Les porte-collets de ce temps-là, plus froids que le porte-collets de ce temps-ci, avaient prêché et assuré à ces filles qu'un habit de bon goût offensait le ciel, qu'un vêtement ridicule et grotesque allait mieux à des vierges destinées par la création de l'argile du premier homme à jouir du bonheur éternel. Les haillons, qui rendent la vertu maussade, sont de très saintes choses. Un capucin habillé en satire, en égipan, est un objet très récréatif pour les anges. Ces indignes, mal vêtus dans ce monde, seront richement habillés là-haut où ils occuperont les premières loges. Leur crasse, leur vilaine barbe et leur vermine, placées à côté de l'agneau sans tache, jetteront un furieux éclat dans le paradis. L'incroyable et l'extraordinaire entrent aisément dans l'esprit des filles de quinze ans, parce que les filles de quinze ans sont très crédules.

Une nonnaine, nommée sœur Conception, était rongée de certains cousins issus de la même nation de ceux dont se plaignait l'apôtre des nations. Le directeur du couvent s'amouracha d'elle, il cherchait à triompher de sa vertu. La sœur, qui avait fait vœu d'être stérile à dessein d'augmenter la gloire, de l'Être suprême, s'opposait aux désirs naturels du directeur. Le moine, vigoureux, aimait les filles à cause que sa mère avait été fille, lui disait :

« En vérité, ma chère sœur, votre caprice est inconcevable, pourquoi vous laisser manger des cousins ? Un malade, qui peut se soulager et qui ne le fait pas, offense le ciel. La pâleur mortelle, répandue sur votre front annonce que vous ne garderez plus longtemps votre pucelage. Quel chien de plaisir de laisser pourrir de si belles choses dans la terre ? Ah ! Ma chère sœur, n'enfouissez point vos talents, il vaut mieux faire un enfant que de ne rien faire. La nature pour engager les filles au travail, attache des plaisirs à cette besogne. Quelle sensation trouvez-vous d'obéir à une supérieure stupide, croyez-moi, tuez vos cousins ; tenez, ma sœur, je me charge volontiers de l'opération ; essayez, l'instrument meurtrier vous fera plaisir. »

La sœur, ébranlée par les discours de son directeur, consentit à la mort des cousins.

Aussitôt que la sœur vit l'appareil et surtout l'instrument qui devait tuer tous les cousins, elle recula et parut étonnée :

— Comment, mon Révérend Père, lui dit-elle, croyez-vous tuer mes cousins avec une misère comme votre instrument, il faut un bras plus fort que celui-là.

— Ne vous inquiétez pas, lui dit le cordelier, c'est-le meilleur de l'ordre, il a eu trente-six voix au dernier Chapitre général. La nonne, qui croyait en Dieu et dans le père directeur, se laissa persuader. Le pater tua les cousins. La sœur trouva l'opération si douce, l'instrument meurtrier si agréable, qu'elle désirait d'avoir encore des cousins à détruire.

Depuis le massacre des cousins, le directeur était intrigué sur les suites de cet assassinat. Il craignait que les cendres de ces animaux ne renaquissent comme celles du Phénix et ne produisissent un gros garçon. L'inquisition, les pères jacobins et la Sacrée Congrégation des rits défendaient dans ce temps-là aux cordeliers, aux moines et aux confesseurs de faire des enfants aux filles ; cause qu'ils avaient dit des paroles qui n'étaient point dans la loi. Un directeur était brûlé par les bourreaux du Saint Père, quand il s'avisait de diriger le corps de ses pénitentes. Le cordelier alla consulter une vieille sorcière logée dans une cabane aux pieds du *Monte Cavallo*. Cette femme avait été protégée de plusieurs papes à cause qu'elle avait deviné en jouant les cartes que le Saint-Esprit les choisirait. Les cardinaux allaient la consulter chaque fois qu'il mourait un pape et la sorcière était fort considérée du Sacré Collège.

Le moine, en l'abordant, lui dit :

— La signora Moïsa Martina Dandora, j'ai connu en chair et en os une jeune nonne qui avait la peau blanche comme du pain bénit, la taille droite comme un cierge pascal, le visage vermeil comme le sang de saint Janvier, des yeux brillants comme les œufs de Pâques, une fille enfin charmante comme les onze mille vierges.

— Vous avez fait, sans doute un enfant à cette belle nonne, lui dit la sorcière.

— Oui, la signora, répondit le moine.

— Mon père, il n'y a point de mal à ça, les abbés font de cette magie-là tous les jours, sans aller au sabbat ; que voulez-vous donc de moi ?

— Je voudrais, dit le moine, que la sœur ne devint pas enceinte.

— Cela n'est point aisé, cependant, je vais consulter mon grimoire. La sorcière prit un jeu de cartes, c'était son livre de magie, elle fit passer et repasser des carreaux, des trèfles, sans rien découvrir, le valet de pique, accompagné d'un as rouge, parut tout à coup ; à ce spectacle la sorcière s'écria :

— Vive le diable ! La religieuse accouchera d'un mâle.

— Notre-Dame de Lorette, dit le directeur, je suis perdu !

— Ne craignez rien, lui dit la signora, ce qu'elle mettra au monde ne sera point un enfant. Une vieille sybille de la marche d'Ancone a prédit dans le chapitre 23 de la bonne foi au diable que l'an premier de l'ère monastique, une Vierge enfantera Godemiché. Cet enfant, l'image de la virilité, sera le consolateur des filles et l'allégement des misères de la grille.

« Afin que le miracle réussisse, vous ferez manger des mandragores à la nonne. Du temps d'un ancien patriarche qui n'était point du tout sorcier et qui fut le père d'un peuple qui n'était point sorcier, on croyait que les mandragores faisaient des enfants, à cause que leurs racines portaient la figure des choses qui font les enfants. Vous savez qu'en bonne physique la figure ne produit jamais la réalité, en sottise et en sorcellerie la figure détruit la réalité. Vous prendrez donc une livre de mandragores ; une once d'étoupes[1] qu'on a brûlées fort inutilement à l'exaltation du dernier pape ; vous délayerez ces simples dans une pinte d'eau lustrale et demi-setier de lait d'ânesse : du tout vous ferez un boudin blanc que vous ferez manger à la sœur enceinte.

Après que la nonne aura pris cette potion, vous direz l'oraison des quarante jours que vous trouverez dans de mauvais livres de prières. Le dernier jour de la quarantaine vous demanderez à la Sainte Vierge que le sortilège s'accomplisse à cause que vers la fin de l'oraison des quarante jours il y a une pause où la rubrique avertit de demander ce que l'on veut, que la Vierge l'accordera à ceux et celles qui le lui demanderont dévotement. Après l'oraison vous prendrez, de l'eau bénite, vous ferez le signe de la croix trois fois, et au lieu de dire *In nomine patri*, etc., vous direz ces paroles de Despautere : *Corbafus hic*

---

1. On brule des étoupes à l'exaltation des Papes en leur criant bien fort aux oreilles *Sancte Pater sic transit gloria mundi*. Saint Père, voilà comme passe la gloire du monde. Malgré ce feu d'artifice le Pape est fort attaché au patrimoine, à ses trois couronnes et à ses prérogatives.

aut hoec grossus. Pendant neuf jours vous direz l'oraison suivante à saint Guinolé ; le latin de cette oraison ne vaut pas le diable. Ne vous en étonnez point, on sait par l'histoire de Loudun et la tradition de tous les possédés que le diable parle latin comme un fiacre. »

L'Oraison que la signora Moïsa Martina Dandora donna au directeur était bâtie en ces termes :

Oremus.

Sanctus Guinolus confessor. Ecclesiœ, rogo te per gloriam tuam collatam a sanctissimam papam et per fidem quem provinciam armoricam habet circam luain reliquiaam ut sororem conceptionem largire digneris a peste a furore normandorum liberare ac puerum de ejus utero rejicere sicul sacerdos templi lui repulsat scipionenem tuam quando mulieres devolas eunt scabere tuum sanctum instrumentum. Per sanclum dactilum luum composilum longo cum duobusbrevitus. Amen[2].

Le directeur exécuta toutes les oraisons sans scrupule Il avait étudié son traité du scandale chez les jésuites, il était persuadé qu'on pouvait en conscience commettre saintement dix crimes pour en cacher un. Il fit un boudin de mandragore et le fit manger à la sœur Conception.

---

2. Saint-Guinolé, confesseur de l'Église, je te prie, par la gloire que t'a conférée le Saint-Père et par la foi que la province de Bretagne a pour ta relique, que tu daignes délivrer la sœur Conception de la peste, de la fureur des Normands et rejeter de son sein l'enfant qu'elle a conçu, ainsi que le prêtre de ta chapelle repousse ta béquille quand le dévot sexe va gratter ton saint instrument : par ton S. dactile composé d'une longue et de deux brèves : ainsi soit-il.

Quelques jours après avoir mangé le boudin, la nonne enfla. La mère abbesse, qui connaissait la bonté des verrous et des grilles de son parloir, ne savait à quoi attribuer l'épaississement de sœur Conception. Elle crut quelque temps que c'était un mystère. Le mystère croissant chaque jour, elle eut des inquiétudes. En fille prudente, elle appela le confesseur extraordinaire pour interroger la nonne et savoir si le diable ne pouvait pas engrossir les filles. Le confesseur, qui était un mathurin, demanda à la nonne si elle n'avait point greluchonné avec des faraux.

Non, mon révérend lui dit la sœur.

— Mais n'auriez-vous pas joué au *qu'y met-on*, il y a sept à huit ans, avec de beaux garçons ?

— Hélas, mon père, je n'avais alors que sept ans, est-on si longtemps à faire un enfant ?

— Oui, dit le père mathurin, surtout quand les filles sont difficiles à accoucher ; nous savons par l'Écriture sainte que la mère de saint Christophe a été dix-huit mois à le faire ; peut-être que vous avez un saint Christophe dans le ventre ! En ce cas, je vous plains, ma chère sœur, car le gros saint Christophe a occasionné de furieuses douleurs et de terribles coliques à madame sa mère en le mettant au monde. Dame, aussi il était si grand que ça faisait trembler.

Le casuiste ne concevant rien à la grossesse de la sœur Conception, l'attribua au diable, selon l'usage de ce temps-là, de charger cette bête des accidents ou des événements que l'ignorance ne concevait pas. Sans le diable, les directeurs seraient souvent sans bonnes raisons.

Le cas de la sœur enceinte étant regardé comme un cas réservé au Saint-Siège, on le proposa à la Congrégation du Saint Index qui décida avec le Saint Père qu'il fallait derechef interroger la nonne, la menacer sous peine d'excommunication majeure de déclarer la véritable cause de sa grossesse. On députa en conséquence un légat *a latere*, qui conjura la sœur par la chaise percée du Saint-Père de lui déclarer la vérité. La religieuse tenant ferme contre les foudres du Vatican, n'avoua rien. Le légat ne pouvant tirer aucun éclaircissement s'avisa de demander si elle n'avait pas mangé du boudin. La nonne avoua qu'elle en avait convoité longtemps, que son directeur lui en avait donné et que le boudin lui avait procuré des rapports et des envies de vomir.

Le légat rapporta l'affaire à la sacrée Congrégation des Rits, qui convoqua la sacrée Congrégation de *auxiliis* et tous les cardinaux[3]. On fut longtemps avant de décider, mais non pas un siècle comme dans la cause des capuchons pointus des cordeliers qui occupa quatre souverains pontifes. Les congrégations assemblées décidèrent qu'il fallait s'informer de quelle couleur était le boudin que la sœur avait mangé ; en conséquence, on renvoya le légat chargé de nouvelles instructions relatives aux couleurs.

---

3. On donnait ce titre de cardinal aux curés de Rome ; aujourd'hui on le donne à des êtres inutiles qui, inférieurs aux évêques, ont acquis, on ne sait trop pourquoi, le pouvoir d'élire des papes.

L'envoyé du Saint-Siège rapporta que la sœur avait mangé du boudin blanc. Les docteurs consultèrent l'Écriture, ils trouvèrent un passage où Salomon parlait de boudin, mais ce passage ne décidait que pour le boudin noir. Il était conçu en ces termes : *nigra sum sed formosa*. Pour l'approprier au boudin blanc, on consulta les auteurs grecs, les vieilles polyglottes, le talmud, le texte hébreu, le samaritain et la bible de Mons. Ces livres, qui se contredisent toujours, furent par hasard d'accord sur le boudin noir. Les sacrées congrégations ne pouvant rien décider sur cette grossesse, renvoyèrent l'affaire aux médecins.

Il y avait à Rome, dans ce temps-la, deux cent treize Hippocrates ignorants comme le sont ordinairement ces docteurs adversaires de la santé. La Faculté, avec M. le doyen en tête, examina le cas de la sœur Conception : après beaucoup de grec et de latin inutilement prodigué, on décida que le boudin, composé de graisse et d'autres viandes indigestes, ne pouvant se dissoudre aisément dans l'estomac, séjournait longuement dans les dernières voies et s'arrêtait avec irritation dans le boyau rectum, et que de là provenait l'enflure de la malade ; à cause que Gallien a dit que le ventre rempli de boudin était plus enflé ordinairement que le ventre d'un homme qui n'avait pas mangé depuis trois jours, *repletio betolii pessima*.

Un accident malheureux fit accoucher la sœur avant terme, elle rêva qu'elle était à sa toilette à mettre des bijoux à ses oreilles, elle croyait dans son rêve que ses bijoux étaient des diamants ; mais aussitôt qu'elle prit son miroir pour voir l'effet que les bijoux feraient, elle fut effrayée de voir en leur place les deux pendants d'oreilles qu'Origène se coupa pour avoir le royaume des cieux. Au cri perçant qu'elle jeta, elle fit accourir la mère abbesse et les quatre discrètes ; à peine ces nonnes furent-elles entrées dans la chambre de sœur Conception, qu'elle sentit les grandes douleurs de l'enfantement.

Godemiché commençait déjà à paraître à la porte du monde. Les discrètes, les lunettes sur le nez, regardaient son entrée triomphante et s'écriaient de temps en temps : *Jésus, Maria*, le boudin avance. À chaque effort de sœur Conception, le corps de Godemiché sortait de plus en plus. Les vieilles, un chapelet à la main priaient le ciel, Notre-Dame des Sept-Douleurs ou de la Compassion, pour l'heureuse délivrance de leur consœur, et de temps en temps encourageaient de leur voix rauque la pauvre malade. Bref, l'enfant vint au monde. La jeune abbesse le reçut dans une guimpe fine, les discrètes, étonnées, le prirent d'abord pour un écritoire.

« Vive Jésus ! dit la plus vieille, le boudin est un écritoire : voyez-vous l'encrier et le sablier ? »

L'abbesse, qui n'était pas si bête, sentant palpiter l'écritoire dans sa main, le mit dans sa gorge pour le ranimer.

Godemiché n'était pas comme les hommes obligé de passer par les misères de l'enfance. Dès qu'il fut dans le sein de la jeune abbesse il s'électrisa et prit aussitôt l'âge de puberté. Le premier usage qu'il fit de son existence fut de glisser du corset de l'abbesse vers un endroit que la pudeur m'empêche de nommer dans un siècle où la décence est un si beau mot. L'abbesse tomba dans l'instant en extase, ses yeux mourants et presque fermés par le plaisir : un mouvement délicieux l'agitait voluptueusement à chaque secousse que lui donnait Godemiché, elle s'écriait :

« Ah !... ah ! j'expire... mon bon Jésus, est-il possible que ta bonté ait rendu tes créatures susceptibles de tels ravissements ? »

À peine Godemiché eut-il rempli de son onction la mère abbesse, qu'il s'envola sous le jupon d'une jeune novice : la nonne tomba à l'instant dans cet état charmant qui rend les mortels égaux aux dieux.

« Ah ! Cœur, s'écria-t-elle, ô plaisir... je meurs... j'expire... attends... finis... non, continue... »

Un silence enchanteur succéda à ce barbouillage ; bref, Godemiché, comme un papillon volage, ou comme un Français, voltigea de nonnes en nonnes, les combla de plaisirs. Fatigué de tant d'exploits, le héros tomba à terre. Une vieille discrète le ramassa, et croyant le ranimer dans son sein comme elle avait vu faire à son abbesse, elle ne fit que hâter le moment de son trépas : le valeureux Godemiché, épuisé de fatigue et saisi par le froid qui le prit subitement dans les tétons secs de la douairière, expira.

L'abbesse et les nonnes, revenues de leur extase où le plaisir les avait plongées, demandèrent où était le dieu qui les avait enchantées. La vieille le tira de son sein et leur montra le pauvre Godemiché sans vie : à ce spectacle, elles versèrent un torrent de larmes ; l'amour, ce vrai consolateur du monde, leur donna l'idée de faire une figure semblable à celle du défunt. On la fit d'abord de chamois, quelque temps après de velours[4], et les siècles perfectionnèrent tellement l'instrument qu'on introduisit dans son sein un petit réservoir de lait chaud qu'un piston artistement construit élance avec vigueur dans le séjour constant de plaisirs ; depuis ce temps, l'image sert de réalité : la figure du mort a passé dans tous les couvents où il a pris le nom honnête de bréviaire du diocèse.

---

4. Dans une abbaye en Champagne, un notaire un peu mouton faisant l'inventaire des meubles d'une abbesse mit bêtement sur la liste : Item *un instrument de velours à l'usage de la défunte.*

Histoire de Suzon et de deux présidents
à mortier

Qui de vous aujourd'hui se fiera à Suzon ?

Les Jacaux avaient beaucoup de femmes sages, des filles très honnêtes et un beau sexe qui changeait quelquefois de chemises. La perfection de la perfection était parmi les femmes à cause que la loi les faisait pendre ou caresser à coups de pierre, lorsqu'elles se laissaient caresser par les Greluchons. Une jeune mariée nommée Suzon, belle comme une médaille, droite comme un I, vivait chastement. Deux vieux présidents à mortier du grand Châtelet de Jéricho s'en amourachèrent ; comme ils étaient fort entendus sur les coutumes de la banlieue de Jéricho, ils firent comme le R. P. Gribourdon et le muletier adorateur des gros charmes de Jeanne d'Arc, ils s'unirent pour avoir ses faveurs.

L'aîné de ces robins se nommait Gautier, il était âgé de quatre-vingt-dix-neuf ans neuf mois, trente et un jours, vingt-trois heures, quarante-neuf minutes et quatre-vingt-quatre secondes. Le cadet, Garguille, n'avait tout au plus que quatre-vingt-dix-huit ans, vingt-trois mois, trente et un jours, cent neuf minutes et vingt-trois secondes. Les deux présidents ne présidaient plus à rien. Il y avait au moins trente-cinq ans que leurs chastes présidentes n'avaient vu les pièces sur le bureau, le ruban d'or était retiré et ne conservait plus de son ancien éclat que le lâche de la houppe de leur bonnet carré. Un regain de jeunesse prit à ces Messieurs, ils crurent que la pensée et la volonté étaient chez eux dans le degré de la perfection de Crémistic, en conséquence ils envoyèrent des poulets à Suzon. La belle les renvoya, elle ne voulait pas de poulets qu'elle ne les eût apprêtés elle-même, elle craignait qu'ils n'eussent été lardés, à cause que le lard avait été défendu par sa loi.

Les poulets, ni le beau style épistolaire ne faisaient rien sur son cœur ; les magistrats s'imaginèrent que leurs vieux visages feraient plus d'impression. Un air ancien, disaient-ils, est respectable. Nos physionomies ne sont point de ce siècle, mais nos perruques sont de l'an passé. Quoique l'hiver ne soit pas le printemps, un soleil de décembre réjouit encore, et la nature fait quelquefois des miracles.

Suzon aimait la propreté, sa religion prêchait les ablutions et les chemises blanches. Un canon de sa loi faisait manger des pigeonneaux aux prêtres, augmentant leurs ordinaires, quand les filles n'étaient point extraordinaires. La jeune femme avait été affligée pendant cinq jours d'un accident périodique, dans une partie sujette à tant d'autres. Le cinquième jour de la maladie, elle prenait les remèdes de la loi, de l'eau claire et une chemise blanche ; elle choisissait pour cette cérémonie religieuse un endroit écarté de son jardin où il y avait une fontaine, appelée *la Cuvette ovale*. Les vieux sénateurs savaient les rubriques de la loi, les us et coutumes des Pays-Bas, ils se cachèrent dans le jardin, à dessein de voir les cérémonies de l'ablution.

La chaste Suzon alla à la fontaine de la Cuvette ovale, regarda autour d'elle et ne voyant personne se déshabilla. Aussitôt qu'elle eût ôté un grand fichu et montré une gorge éblouissante, les présidents, qui la regardaient de loin avec des lorgnettes d'opéra, furent émus de ses charmes et dirent entre eux :

— Confrère, sentez-vous remuer le vieil homme ?

— Non encore, répondit le président Gautier.

Suzon découvrit son derrière. À ce spectacle les mortiers s'approchèrent et dirent à la belle :

« Madame, l'occasion fait le larron, vous êtes sans jupon et sans chemise, c'est une charité de couvrir ceux qui sont nus ; comme nous savons notre catéchisme, nous sentons une joie inexprimable d'être bienfaisants au prochain et surtout quand le prochain est coiffé comme vous. De grâce, agréez la peine que nous voulons prendre de cacher votre nudité ; ne rougissez pas, Madame, de vous abandonner à notre charité. Cette vertu est ingénieuse, douce, discrète et tranquille. »

Un si beau sermon sur la charité devait produire son effet sur un cœur qui n'était point encore endurci. Suzon, honteuse d'avoir montré son derrière à deux présidents de grand Châtelet, ne savait quoi répondre.

« Auriez-vous, la belle dame, lui dit un des magistrats, le mauvais goût d'aimer votre mari ? En vérité, c'est vous anéantir, votre mari est un impertinent de vous enterrer dans ses bras ; êtes-vous faite pour un mari ? Donnez sans scrupule, madame, cent coups de canif dans le contrat de mariage, cette misère griffonnée est un chiffon… vive le plaisir de faire un mari cocu… »

Le président Garguille s'émancipait ; on pardonne ces étourderies à la jeunesse, et les femmes aiment les étourdis.

La jeune femme, revenue de son étonnement, dit à ses amants :

— En vérité, messieurs, vous n'êtes point honnêtes de prendre ainsi les dames au saut de la Cuvette ovale. Cela est effroyable ; quel langage tenez-vous pour des tuteurs du roi de Jéricho ? Vous devriez être plus sages qu'un chanoine de Notre-Dame. Comment, vous envoyez les filles à Saint-Martin et vous cherchez à me corrompre ! Comment, une fille comme moi, qui a été élevée à Saint-Cyr !… Comment voulez-vous que je fasse mon mari cocu ? Je n'ai point vu cela dans mes heures ; voyez ces messieurs, ils veulent… il faut du temps pour faire un cocu.

— Ne vous fâchez pas, Madame, dit le président Gautier, c'est la plus petite chose du monde, il faut, pour faire un cocu, le temps précisément de cuire un œuf frais.

— Cela vous plaît à dire, répondit la chaste Suzon ; à quatre-vingt-dix-neuf ans on ne jette pas sitôt les cocus en moule.

— Oh ! dit le jeune président Garguille, des yeux éblouissants comme les vôtres, Madame, une main aussi charmante est un trésor dans un ménage, nos biens grossissent dans les mains d'une femme sage ; heureuses, mille fois heureuses celles qui savent manier les pelotons de laine et l'aiguille, dit le sage Pangloss dans la femme qu'on ne trouve point.

— Vous avez bien de la foi à mes reliques, Messieurs, je n'en ai pas tant aux vôtres, si vous n'aviez que vingt ans... tenez, en vérité, vous avez tort... pourquoi êtes-vous si vieux ? Vous vous en tireriez fort mal, croyez-moi, ne déshonorez point le mortier.

Le président Gautier, devenu plus sage par la résistance de Suzon, lui dit :

— Madame, nous nous flattons d'un heureux succès, dussions-nous périr sur le champ d'honneur, nous pousserons notre pointe ; vous avez entendu parler Titon, eh bien ! L'Aurore préférait ce vieillard aux blondins et aux agréables.

Suzon, qui n'avait lu que les fables de son pays, ignorait celles des Grecs, qui, aux noms près, étaient les mêmes fables, dit à ses amoureux :

— Finissez, s'il vous plaît, voulez-vous qu'on me chansonne dans Jéricho ; vous savez qu'il y a de mauvais rimeurs, et puis que penseraient les femmes ? Voyez-vous, diraient-elles, la Suzon donne ses faveurs à Gautier, à Garguille.

La chaste Suzon tint ferme aux instances des magistrats. L'entêtement d'une jeune femme qui a des préjugés contre les vieillards est terrible ; le sexe est toujours vertueux vis-à-vis des gens qu'il n'aime pas.

Les soupirants, rebutés de la fermeté de Suzon, l'accablèrent d'injures, la traitèrent de coquine et la menacèrent de la faire pendre.

— Vous avez un mauvais goût pour les jeunes gens et les vieux jansénistes. Vous nous refusez vos soins parce que nous sommes molinistes, pour vous empêcher d'être contraire à notre parti, nous allons vous accuser au grand Châtelet de vous avoir surprise ici dans les bras d'un janséniste.

Suzon répondit sans s'émouvoir :

— Messieurs, comme il vous plaira.

Dans ce temps-là, on avait une idée fort triste du cocuage ; les Jacaux, qui n'avaient point lu les *Métamorphoses* d'Ovide ni les bons livres, ne voulaient pas que les femmes se mêlassent de changer les hommes en oiseaux. Ils faisaient pendre celles qui se chargeaient de la coiffure de leur mari. L'ignorance est une terrible chose.

L'affaire de Suzon, portée au tribunal d'un peuple qui pendait les belles femmes pour une faiblesse, eut un malheureux succès. L'accusée fut condamnée à être pendue. On allait exécuter la sentence lorsqu'un écolier de douze ans, nommé Poucet Dandin, revenant du collège, passa heureusement dans la cour du grand Châtelet. Le jeune enfant, voyant tout ce peuple amassé, demanda à un Parisien qui était auprès de lui ce qui amenait tant de monde.

— Dame, lui dit le bourgeois de Paris, mon garçon, vous n'avez donc pas entendu crier la sentence d'une coquine qui gâte les jansénistes ? C'est la belle Suzon qu'on va pendre au Carrefour de la Croix-Rouge.

— Est-elle jolie ? dit l'écolier.

— Oui, c'est une grivoise qui *aimait* les amoureux comme le pain blanc ; deux présidents à mortier l'ont attrapée avec son vieux Greluchon de janséniste.

— Vous vous trompez, dit le petit Poucet, cela ne peut être ; quand une jolie femme fait son mari cocu, elle n'appelle jamais Messieurs de la grande chambre ni les présidents du Châtelet.

— Qui voulez-vous donc qu'elle appelle ? dit le badaud.

— Personne, répondit Dandin ; et Dandin avait raison.

L'écolier, touché du sort de Suzon, monta précipitamment dans la grande chambre du Châtelet, et s'adressant aux magistrats, il leur dit :

— Messeigneurs du grand Châtelet, vous n'êtes que des ânes.

C'était l'usage, dans ce temps-là, d'insulter les magistrats. Les jésuites de Jéricho enseignaient cette mauvaise morale à leurs élèves et cela à cause que les écoliers de douze ans avaient beaucoup d'autorité dans les trois chambres du grand Châtelet de Jéricho.

Les magistrats, qui prenaient les sottises pour des compliments, firent attention à l'éloquence du petit Dandin, ordonnèrent un sursis d'exécution et mirent l'écolier à la place de leur premier président en lui disant :

— Mon jeune garçon, vous avez l'air d'un morveux bien élevé ; vous êtes probablement un premier de sixième, vous descendez peut-être de la bonne race des George Dandin ou de la branche des Dandin qui jugeaient dans les caves et dans les gouttières les grandes causes des chats et des chiens. Vu ces raisons, la Cour vous choisit à perpétuité pour son premier président.

Poucet Dandin, flatté du rang que le grand Châtelet venait de lui donner, remercia la Cour, et s'adressant à toutes les chambres assemblées, il leur dit :

— Messieurs, j'accepte le rang que vous me donnez, avec ces sentiments qu'on doit à l'estime que vous avez pour les écoliers. Dans l'affaire de Mme Suzon vous avez dormi à l'audience ; il ne faut jamais dormir dans la cause d'une jolie femme ; qui sont les témoins qui déposent contre elle ?

— Monsieur l'écolier, dit l'avocat général, ce sont les nommés Michel-Cassandre-Mathusalem Gautier, Adam-Blaise-Hérode Garguille, présidents à mortier de cette chambre. La Cour, dans l'affaire, a suivi le § LXXXIXe du traité des causes véreuses de Dumoulin, où, sur l'explication du *Digeste testis titi-cu... cu... Cujas*, après Charondas et Bacquet, assure que le témoignage de deux vieillards est préférable à celui d'un écolier de sixième ; en conséquence la Cour a prononcé la sentence de mort contre la nommée Suzon, atteinte et convaincue d'avoir vendu ses faveurs au parti janséniste.

L'homme du roi ayant parlé, le petit Dandin se leva et dit à l'assemblée :

— Messieurs, vu les raisons solides de l'avocat du roi, je condamne les nommés Michel-Cassandre-Mathusalem Gautier, Adam-Blaise-Hérode Garguille à être préalablement conduits ès prisons du petit Châtelet pour être appliqués à la question ordinaire et extraordinaire.

On arrêta les deux vieillards, on les conduisit en prison, où on leur fit subir la question.

Dans ce temps-là, la question ordinaire était exécutée par deux sœurs du Pot qui administraient au coupable, de cinq en cinq minutes, un lavement d'eau à la glace. Elles appliquaient tout le temps que durait la question trente-six emplâtres de mouches cantharides au patient, trois au derrière, deux aux aines ; en posant ces dernières, les sœurs du Pot élevaient leurs cœurs à l'Éternel.

La question extraordinaire se faisait avec les oraisons et les prières anciennes qui servaient aux épreuves du fer chaud et aux eaux chaudes. On passait une longue perche dans le derrière du patient, on le portait ainsi en procession, il était précédé de la bannière de la paroisse et suivi du chapitre de Notre-Dame de Jéricho, M. l'archevêque à leur tête. Les chantres entonnaient ce verset du psaume : *Manducaverunt Jacob, ils ont mangé Jacob.* Le chœur répondait : *On a commencé par les fesses parce que la moutarde venait après.* On faisait soixante-sept stations, à chaque on secouait soixante-sept fois le patient perché au bout du bâton. Cette cérémonie faite, monseigneur et les chanoines venaient lui cracher au derrière. Les présidents, qui n'avaient pu soutenir les honneurs de la procession, se coupèrent dans les interrogations. Le président Gautier avoua qu'il avait vu la Suzon et son janséniste sur un pommier, Garguille déclara que c'était un poirier.

Le petit Dandin voyant que ces messieurs se coupaient s'écria :

« Voyez-vous que ces deux malheureux n'ont pas les

premières leçons de la botanique, ils ne connaissent que la plante des pieds ; Suzon ne peut avoir accordé ses faveurs sur deux arbres, les vieux jansénistes ne font point, comme les francs-maçons, les choses par trois ; ainsi, messieurs, vos présidents sont coupables. »

Le grand Châtelet de Jéricho vit bien que l'écolier Dandin était éclairé par Crémistic. On prononça l'arrêt de mort, et les coupables furent pendus.

Ce jugement, qui a extasié l'antiquité, n'est point si admirable. Les deux vieillards, épris des charmes de Suzon, pouvaient équivoquer facilement en prenant un arbre pour un autre, surtout dans un jardin où les pommiers et les poiriers étaient multipliés. Un mari qui surprend sa femme sous des arbres entre les bras d'un autre ne va point regarder au ciel pour savoir sous quelle constellation se fait la jonction du Capricorne, ou s'il y a des pommiers. Les deux présidents connaissaient peut-être mieux les filles que les arbres. L'écolier de Jéricho n'avait aucune autorité dans la Cour souveraine du grand Châtelet pour casser la sentence et donner, à douze ans, la loi à d'anciens magistrats. L'histoire de Suzon est un vrai conte de ma mère l'Oie.

Histoire du sage Pangloss

Quoiqu'il fût sage, il fit bien des sottises

Le docteur Pangloss, fils de Roquet, succéda à la charge de procureur fiscal de son pays, par la finesse du curé de sa paroisse et de madame sa mère, veuve d'un certain la Tulipe, sergent aux gardes, que la luronne avait mis de la confrérie d'Actéon.

Pangloss avait l'esprit orné, il connaissait le chiendent, le grateron, les mauvaises herbes et les filles. Il possédait comme ses cinq doigts l'addition, la soustraction et surtout la multiplication ; il faisait avec aisance des bouts rimés, des énigmes plates qu'il faisait enterrer dans le *Mercure*. Il fit une chapelle pour le Saint-Suaire, une des premières merveilles du monde : il la fit bâtir par les francs-maçons qui avaient notre respectable maître Adoniram à leur tête.

Dans un hameau, aux environs de Quimper-Corentin, était la fille d'un vieux seigneur breton qui s'était distingué aux États par les chausses les plus honnêtes. Cette fille savait lire et tricoter comme un ange, c'était l'oracle des Breda[5], elle avait lu dans le *Journal de Verdun* les énigmes de Pangloss. Charmée

---

5. Assemblée où l'on joue le vieux Médiateur, où l'on parle continuellement de la tenue des États passés et de ceux à venir.

de son esprit, elle fut curieuse de le voir et de lui montrer son énigme. Cette fille s'appelait Jacqueline Sabot, elle avait un peu de maigreur, un petit nez retroussé ; un minois de fantaisie, à la mode dans ce temps-là. Jacqueline apporta à Pangloss, pour présents, de la poudre à la maréchale, des tabatières à la Ramponeau, des redingotes de la bonne faiseuse, les portraits à la Silhouette des généraux français qui s'étaient distingués à la guerre de Hanovre, et des dents de Savoyards. Le docteur lui donna des leçons de sagesse, prit son énigme, lui fit de petites politesses et la renvoya en Basse-Bretagne, l'esprit, le cœur, le ventre si plein de sagesse qu'elle en fut incommodée pendant neuf mois.

Le philosophe avait fait bâtir de belles écuries, des jardins, des celliers, des remises pour les bergères. Le détail de ces magnificences est immense : à croire ses historiens, il semble que Pangloss mangeait les guinées dans la salade. Le procureur fiscal d'un petit pays pouvait-il fournir à tant de dépenses ? Les gens qui aiment la lecture sont bien à plaindre.

Il acheva la chapelle du Saint-Suaire, il y mit un autel d'or pour griller des mâchoires de bœuf et des rognons de veau. Il fonda quatre mille sacristains dévots comme ceux de nos églises, quatre mille joueurs de castagnettes et de flûtes à l'oignon ; une grande chaudière pour contenir cent vingt-deux muids d'eau bénite et six mille goupillons.

Ce sage, doué de la sublime sagesse pour faire des sottises, n'eut d'autre occupation que de faire des versets et de cajoler les filles. Pour entretenir sa sagesse, il prit trois cents femmes et sept cents concubines, sans les filles qui venaient de la Basse-Bretagne et d'autres lieux. Son cœur, rempli des charmes de la créature, oublia Cremistic ; il se contenta, pour contenir le peuple, de faire honorer le Saint-Suaire. Plus tard, il fit bâtir des chapelles à l'amour, ce furent les édifices les plus raisonnables. Les prêtresses de ces temples sont si jolies, il y a tant de plaisir dans les sacrifices qu'elles font, que l'amour sera toujours le Dieu le mieux servi.

Une vierge nommée Gogo fit des impressions sur son cœur. Cette fille avait beaucoup de sagesse, elle avait été dix ans actrice, c'était une pucelle de théâtre, un vrai trésor de vertu. Pangloss en devint si éperdument amoureux qu'il composa en son honneur et gloire des cantiques. Des gens graves de l'antiquité et des modernes plus graves encore y on cherché des finesses qui n'y étaient pas, et des mystères applicables également à Fatime, femme de Mahomet, et à mademoiselle Clairon, femme de tout le monde.

La première nuit, le docteur s'entretint poétiquement avec lui-même sur les charmes de sa dulcinée. *Qu'elle est belle !* s'écria-t-il ; *les fossés de notre village sont moins creux que ses yeux, son nez est comme la tour de la paroisse, ses joues comme les meules de notre moulin, sa langue comme la porte de la cave.*

La seconde, le sage est avec sa maîtresse. C'est Gogo, en qualité de fille d'honneur, qui fait les avances amoureuses en disant tendrement à Pangloss : « *Baise-moi, bien-aimé, je t'aime pour te donner le devoir conjugal. Quoique je sois brune, je vaux mieux qu'une blonde… tandis que vous étiez à table mon aspic a rendu son odeur.* » Elle veut dire que la période a été marquée en caractère rubrique ; je crois qu'il s'agit ici des œufs de Pâques ou de quelque chose habillé de même…

— *Mon Docteur est avec moi, il passera la nuit entre mes tétons… donne-moi de ta liqueur, mon cher ami, mon cœur s'en va, mon cœur s'en va… approche tes pommes, je meurs d'amour… que ta main, gauche soit sur ma tête et que l'autre me chatouille… tu as mis le doigt dans mon trou et mon ventre a trémoussé.*

— *Tes cheveux, lui dit Pangloss, sont comme un troupeau de brebis, tes tétons comme deux jumeaux d'une charrette.* »

Gogo, pour répondre aux compliments de son amoureux, disait :

« *Les jambes de mon amant sont de marbre, son ventre, est d'ivoire… il est plein de saphirs.* »

M. de Kaisaire aurait peut-être donné un autre nom aux saphirs. Gogo connaissait tous les ornements des parties nobles, mais une fille de théâtre ne convient jamais qu'elle a donné des saphirs à ses amoureux.

— *Ses joues*, continuait Gogo, *sont comme de la drogue ; du quinquina ou de l'Album Græcum.*

— *Ton nombril*, disait Pangloss, *est comme une tasse ronde toute comblée de breuvage, ta tête est comme du cramoisi. Tes tétons sont semblables aux grappes de raisin ; j'ai dit, je monterai sur la, vigne, je prendrai les grappes de raisin.*

Cet ouvrage est un vrai tissu de galimatias. Le procureur

fiscal aimait tellement Gogo, qu'il ne savait ce qu'il disait.

La troisième nuit, Pangloss rata la fille. La quatrième il lui fit un enfant ; la cinquième elle lui donna un chapelet au front ; la sixième un ruban vert ; la septième il la fit jeter par la fenêtre ; ainsi se termine le cantique des cantiques.

Le docteur aimait les filles et point du tout ses frères parce qu'ils n'étaient point filles. Celui à qui il avait enlevé la charge de procureur fiscal fut le premier objet de sa colère, et il le fit pendre ; voici l'histoire de sa cruauté : Les casuistes et le chirurgien major de son village avaient ordonné au vieux bon-homme Roquet, père de Pangloss, un réchaud pour ranimer son corps languissant et son âme mourante ; les cheminées à la Prussienne n'étaient point connues dans ce temps-là. Le réchaud était beau et bon. C'était un fameux ouvrier de Sinam qui avait fait ce chef-d'œuvre. Jean, le frère aîné du docteur s'amouracha de ce meuble. Curieux d'avoir quelque chose pour se ressouvenir de son père, charmé que le réchaud ne sortit pas de la famille, il le demanda au docteur qui, non content de le lui refuser, le fit pendre sur le maître autel de la chapelle de Saint-Suaire. À cause qu'il lui avait fait poliment cette demande, les sages ont admiré cette action comme un châtiment digne de la justice divine.

Un jugement fameux que rendit Pangloss dans un siècle où le génie et le bon sens étaient rares, lui fit extraordinairement d'honneur. Une marchande de croquets qu'on assurait avoir été vierge, appela un garçon boulanger, et le pria de lui faire un enfant. Le grivois, qui avait autre chose à enfourner, ne voulut point se prêter à ses désirs. La fille le pressa en l'assurant qu'elle lui en paierait la façon ; bref ils convinrent du prix de quatre livres huit sous trois deniers ; l'argent fut nanti, le boulanger fit l'enfant ; neuf mois après la fille l'attaqua devant le procureur fiscal pour le forcer à prendre le poupon. On plaida la cause. Les avocats, selon le style ordinaire du barreau, embarrassèrent la procédure. Pangloss démêla la fusée, il interrogea le garçon, boulanger :

— Mon ami, lui dit-il, avez-vous fait l'enfant à cette fille ?

— Oui, monseigneur, mais je n'ai pas voulu le lui faire qu'elle ne m'eût payé quatre livres huit sous trois deniers.

— N'avez-vous point eu un sou de moins ?

— Non, monseigneur notre fiscal, je n'ai point voulu rabattre un denier, je ne le pouvais en conscience.

— Je loue votre probité, mon ami, il faut toujours de la conscience quand on fait des enfants aux filles.

Pangloss demanda ensuite à la fille si la déclaration du garçon était vraie.

— Oui, monseigneur notre procureur, répondit la marchande de croquets.

— Eh bien, lui dit le juge, vous avez payé ce garçon pour vous faire un enfant, il vous en a fait un, ainsi il est à vous. Vous savez que quand l'on commande du pain à un boulanger, et qu'on le paye, le pain nous appartient ; huissier, rendez l'enfant à cette fille, elle l'a payé, il lui appartient.

Le conseil admira la sagesse de Pangloss.

Un certain Piron, poète français, assistait à ce jugement ; il le trouva admirable comme les autres, mais il s'avisa de dire que Monseigneur le procureur fiscal était un excellent juge de F… Une mouche de la police rapporta ce bon mot à M. de Sartine qui fit mettre M. Piron trois ans à Bicêtre pour avoir dit ce mot.

Pangloss mourut comme un sage entre les bras de ses maîtresses. Les dévots ont été partagés sur son sort. Le uns ont dit qu'il était à tous les diables, à cause qu'il avait aimé les filles. Les autres qu'il était en paradis, à côté des onze mille vierges, à cause qu'il avait aimé les filles.

Table des matières

ISBN ebook : 9782512007661
ISBN papier : 9782512008866
Dépôt légal : D/2018/12603/54

Couverture : © Hélène Massart
Conception numérique : Primento, le partenaire numérique
des éditeurs